W9-CKB-752

Discards

Harvesting Friends
Cosechando amigos

By / Por
Kathleen Contreras

Illustrations by / Ilustraciones de
Gary Undercuffler

Translation by / Traducción de
Gabriela Baeza Ventura

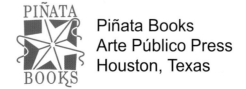

Piñata Books
Arte Público Press
Houston, Texas

Publication of *Harvesting Friends* is funded in part by a grant from the City of Houston through the Houston Arts Alliance. We are grateful for their support.

Esta edición de *Cosechando amigos* ha sido subvencionada en parte por la ciudad de Houston a través del Houston Arts Alliance. Les agradecemos su apoyo.

Piñata Books are full of surprises!
¡Piñata Books están llenos de sorpresas!

Piñata Books
An Imprint of Arte Público Press
University of Houston
4902 Gulf Fwy, Bldg 19, Rm 100
Houston, Texas 77204-2004

Cover design by / Diseño de la portada por Bryan T. Dechter

Names: Contreras, Kathleen, author. | Undercuffler, Gary, illustrator. | Ventura, Gabriela Baeza, translator.
Title: Harvesting friends = Cosechando amigos / by = por Kathleen Contreras ; illustrations by = ilustraciones de Gary Undercuffler ; Spanish translation by = traducción al español de Gabriela Baeza Ventura.
Other titles: Cosechando amigos
Description: Houston, TX : Piñata Books, an imprint of Arte Público Press, [2018] | Summary: After learning that a hungry classmate is taking tomatoes from their garden, Lupe and her mother invite their neighbors to help in what becomes a community garden and gathering place. Includes recipes.
Identifiers: LCCN 2017038857 (print) | LCCN 2017048299 (ebook) | ISBN 9781518504860 (ePub) | ISBN 9781518504853 (pdf) | ISBN 9781558858589 (alk. paper)
Subjects: | CYAC: Gardening—Fiction. | Community gardens—Fiction. | Neighborhoods—Fiction. | Hispanic Americans—Fiction. | Spanish language materials—Bilingual.
Classification: LCC PZ73 (ebook) | LCC PZ73 .C6576 2018 (print) | DDC [E]—dc23
LC record available at https://lccn.loc.gov/2017038857

Printed in Hong Kong in October 2017–January 2018
by Book Art Inc. / Paramount Printing Company Limited
7 6 5 4 3 2 1

To my mother, Lupe Aguilar Contreras, and her delicious salsa!
—KC

For my wonderful models Ashley, Felix, Jaileen and Daileen. Thank you so much for your help!
And as always for my wonderful wife Diana.
—GU

Para mi mamá, Lupe Aguilar Contreras, y ¡su rica salsa!
—KC

Para mis modelos maravillosos Ashley, Felix, Jaileen y Daileen. ¡Gracias por toda su ayuda!
Y como siempre, para mi fantástica esposa Diana.
—GU

Lupe loved her family's salsa garden, with its tomatoes, chile peppers, onions, garlic and cilantro. Her mother cooked, roasted, chopped and grinded everything together to make chunky salsa to eat with salty chips and tacos.

A Lupe le encantaba el huerto de salsa con sus tomates, chiles, cebollas, ajos y cilantro. Su mamá cocinaba, tostaba, cortaba y molía todo para hacer una salsa espesa para comer con totopos y tacos.

In the spring, Lupe and her family dug into the rich soil to plant the seeds and tiny plants. They wrote each plant's name on thin popsicle sticks.

En la primavera, Lupe y su familia cavaron hoyos en la tierra fértil para sembrar las semillas y las pequeñas plantas. Escribieron el nombre de cada planta en los delgados palitos de paletas.

All summer, Lupe and her family watered, fed and weeded the garden.

But one summer day, all the big red tomatoes were gone!

Lupe looked in between the branches, but no luck. The biggest, juiciest tomatoes had disappeared!

Durante todo el verano, Lupe y su familia regaron, fertilizaron y desmalezaron el huerto.

Pero un día, ¡desaparecieron todos los tomates rojos y grandes!

Lupe buscó entre las ramas, pero nada. ¡Los tomates más grandes y jugosos habían desaparecido!

"Mamá! The big tomatoes are gone! They were almost ready to be picked!" Lupe said as she ran into the house.

"Are you sure?" said Mamá as they hurried outside to investigate.

"I wonder what happened?" said Lupe looking under the tangle of bushes.

—¡Mamá! ¡Desaparecieron los tomates grandes! ¡Estaban casi listos para cosecharlos! —dijo Lupe al entrar corriendo a la casa.

—¿Estás segura? —preguntó Mamá y rápidamente salieron a investigar.

—¿Qué habrá pasado? —dijo Lupe buscando debajo del enredo de matas.

Lupe saw a small necklace with a gold medal on the ground. She picked it up and gave it to Mamá.

"Who could have dropped it, Mamá?" she asked.

"I'm not sure. But . . . I think someone left it here on purpose," Mamá said, caressing the pretty medal.

Lupe vio un pequeño collar con una medalla de oro en el suelo. Lo recogió y se lo dio a Mamá.

—¿A quién se le habrá caído, Mamá? —preguntó.

—No lo sé. Pero . . . creo que alguien lo dejó a propósito —dijo Mamá, acariciando la linda medalla.

Two weeks later, when Lupe walked into the garden, she saw a boy crouching on his knees over the tomato plants. With a couple of big tomatoes beside him, he was reaching deep to pick the biggest one.

"What are you doing?!" shouted Lupe, surprising him.

He started to run, but tripped on the rake, he fell on the tomatoes and red juice splashed all over him.

"Wait, wait! It's okay. I'm not going to hurt you."

Dos semanas después, cuando Lupe entró al huerto vio a un niño agachado sobre las plantas de tomate. Tenía dos tomates grandes a su lado mientras intentaba alcanzar el más grande.

—¡¿Qué estás haciendo?! —gritó Lupe y lo sorprendió.

El niño empezó a correr pero se tropezó con el rastrillo, se cayó en los tomates y se salpicó con todo el jugo rojo.

—¡Espera, espera! Está bien. No te voy a hacer daño.

Lupe recognized Antonio, the new boy in school.

"Why are you taking our tomatoes?" she asked.

"We don't have much money. The tomatoes looked so good and . . . I left my gold necklace here in exchange for the tomatoes," he said. "My grandmother gave it to me when we left Mexico. It's very valuable. I figured it would be a fair trade."

Suddenly, Lupe had an idea.

"If you help me with the garden, I'll give back your necklace and some tomatoes. Deal?"

"Deal!" said Antonio, already picking up the rake, ready to work.

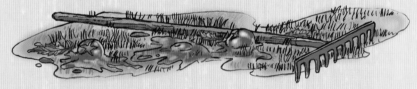

Lupe reconoció a Antonio, el nuevo estudiante de la escuela.

—¿Por qué te estás robando nuestros tomates? —preguntó.

—No tenemos mucho dinero. Los tomates se ven tan ricos y . . . Dejé mi collar de oro a cambio de los tomates —dijo—. Mi abuela me lo dio cuando salimos de México. Es muy valioso. Pensé que sería un buen intercambio.

De repente, Lupe tuvo una idea.

—Si me ayudas con el huerto te devolveré el collar y te daré unos tomates. ¿De acuerdo?

—¡De acuerdo! —dijo Antonio, y levantó el rastrillo listo para trabajar.

Antonio started weeding, and Lupe went inside to tell her mother what had happened. Later, Mamá invited Antonio to eat lunch and she gave him some tomatoes and a jar of salsa to take home.

She placed the jar in a bag, and said, "Bread that is shared, tastes better."

"Mamá, you forgot something," said Lupe, giving the necklace back to Antonio.

"No, you keep it until the work is done," he said.

Antonio empezó a desmalezar, y Lupe entró a casa para contarle a su mamá lo que había pasado. Después, Mamá invitó a Antonio a almorzar con ellas y le dio unos tomates y un frasco con salsa para que los llevara a casa.

Al poner el frasco en una bolsa, Mamá dijo —El pan compartido sabe mejor.

—Mamá, olvidaste algo —dijo Lupe y le entregó el collar a Antonio.

—No, quédate con él hasta que terminemos con el trabajo —dijo Antonio.

Lupe and Antonio became friends over the summer. They weeded, watered and picked tomatoes, onions, chilies and cilantro. They even planted corn and lettuce. Their mothers also became friends and shared the garden's harvest.

Almost two months later, the growing season ended. Lupe and Antonio composted the plants' leaves and stems, recycling all the plant nutrients back to the soil.

Lupe returned the gold necklace to Antonio, and he accepted it.

Lupe y Antonio se hicieron amigos durante el verano. Desmalezaron, regaron y cosecharon tomates, cebollas, chiles y cilantro. Hasta sembraron maíz y lechuga. Sus madres también se hicieron amigas y compartieron la cosecha del huerto.

La temporada de la cosecha terminó casi dos meses después. Lupe y Antonio hicieron abono con las hojas y los tallos de las plantas, para así reciclar todos los nutrientes en la tierra.

Lupe le devolvió el collar de oro a Antonio, y él lo aceptó.

Lupe had a great idea for next year's garden. "Let's ask our neighbors to help," said Lupe to her mother. "With everyone helping, it will be easier."

When spring arrived, they invited their neighbors to pitch in. Dozens of families brought money and tools and started working.

Lupe and Antonio bought seeds and small vegetable plants with the donations. With everyone's help, they finished planting in one day.

Lupe tuvo una gran idea para el huerto del próximo año. —Pidámosle ayuda a nuestros vecinos —Lupe le dijo a su madre—. Será más fácil con la ayuda de todos.

Cuando llegó la primavera, invitaron a los vecinos a que ayudaran. Docenas de familias trajeron dinero y herramientas y empezaron a trabajar.

Lupe y Antonio compraron semillas y pequeñas plantas con las donaciones. Entre todos terminaron de sembrar en un día.

Two months later, the tomatos grew in all shapes, sizes and colors. Some tomatoes were round, others oval and pear-shaped. There were yellow, orange, red and even purple ones.

Like a family, the community worked together, taking care of young plants. A pair of brothers planted two kinds of peppers—fire red and green. A grandmother and her grandchildren grew bunches of fragrant herbs for cooking and healing. A father grew watermelon, which his son made into cool watermelon juice. Three sisters grew squash, beans and corn—America's first crops.

Dos meses después, los tomates crecieron en distintas formas, tamaños y colores. Algunos tomates eran redondos, otros ovalados y en forma de pera. Algunos eran de color amarillo, naranja, rojo y hasta morado.

Como una familia, la comunidad trabajó en conjunto, cuidando de las plantas pequeñas y de unos y otros. Dos hermanos sembraron dos tipos de chile —rojos y verdes. Una abuela y sus nietos cultivaron montones de hierbas fragantes para cocinar y curar. Un padre cultivó sandías, que su hijo usó para hacer refrescante agua de sandía. Tres hermanas cultivaron calabaza, frijoles y maíz —los primeros cultivos de América.

Spearmint

Parsley

Basil

The garden, like a colorful Mexican blanket, embraced everyone who worked on it.

El huerto, como un colorido sarape, abrazó a todos los que trabajaron en él.

The garden grew and soon it became more than a place where hunger was fed. It became a gathering place, like a kitchen where everyone comes together to eat and share. They shared stories and offered gardening secrets. They even celebrated birthdays and special holidays.

The new Amigos Garden grew more than just plants. It grew friendships.

El huerto creció tanto que pronto se convirtió en más que un lugar en donde se saciaba el hambre. Se convirtió en un lugar de reunión, como la cocina en donde todos se juntan para comer y compartir. Intercambiaron historias y secretos de cultivo. Hasta celebraron cumpleaños y días festivos.

El nuevo Huerto de la Amistad cultivó más que plantas. Cultivó amistades.

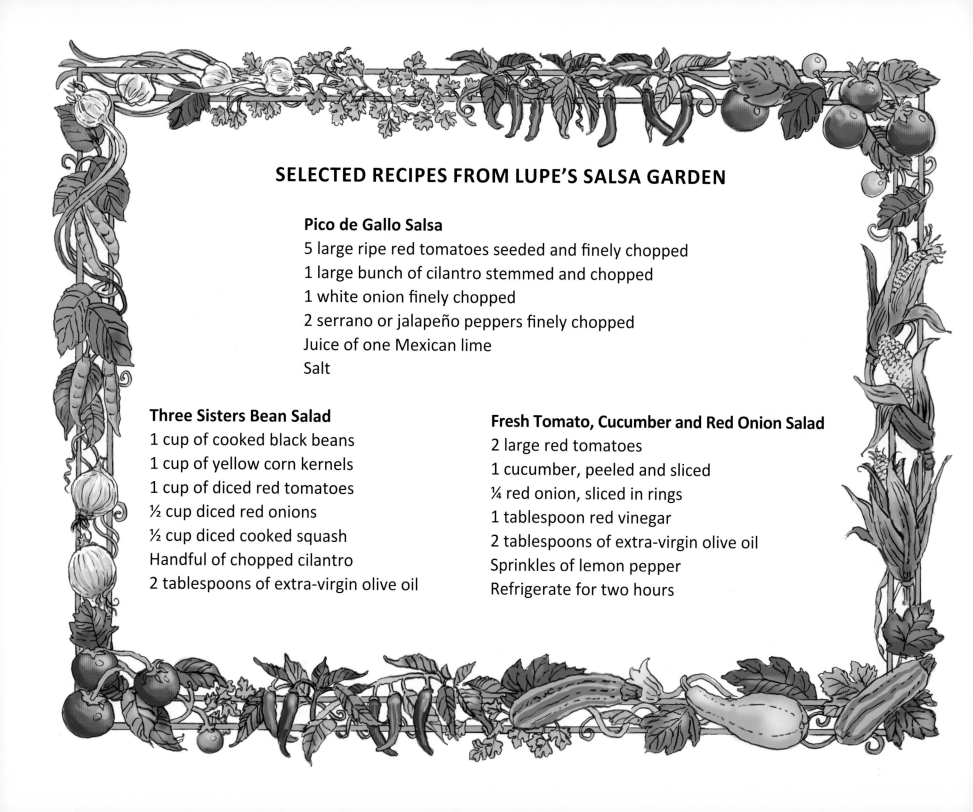

SELECTED RECIPES FROM LUPE'S SALSA GARDEN

Pico de Gallo Salsa
5 large ripe red tomatoes seeded and finely chopped
1 large bunch of cilantro stemmed and chopped
1 white onion finely chopped
2 serrano or jalapeño peppers finely chopped
Juice of one Mexican lime
Salt

Three Sisters Bean Salad
1 cup of cooked black beans
1 cup of yellow corn kernels
1 cup of diced red tomatoes
½ cup diced red onions
½ cup diced cooked squash
Handful of chopped cilantro
2 tablespoons of extra-virgin olive oil

Fresh Tomato, Cucumber and Red Onion Salad
2 large red tomatoes
1 cucumber, peeled and sliced
¼ red onion, sliced in rings
1 tablespoon red vinegar
2 tablespoons of extra-virgin olive oil
Sprinkles of lemon pepper
Refrigerate for two hours

ALGUNAS RECETAS DEL HUERTO DE SALSA DE LUPE

Pico de gallo

5 tomates rojos, maduros y grandes sin semilla cortados en trocitos
1 manojo grande de cilantro sin los tallos y cortado en trozos
1 cebolla blanca picada
2 chiles serrano o jalapeño finamente picados
Jugo de un limón mexicano
Sal

Ensalada de frijol "Tres hermanas"

1 taza de frijoles negros cocidos
1 taza de maíz amarillo
1 taza de tomate rojo picado
½ taza de cebolla morada picada
½ taza de calabaza cocida
Un puñado de cilantro picado
2 cucharadas de aceite de oliva extra virgen

Fresca ensalada de tomate, pepino y cebolla morada

2 tomates rojos grandes
1 pepino, pelado y rebanado
¼ de cebolla morada, rebanada en rodajas
1 cucharada de vinagre rojo
2 cucharadas de aceite de oliva extra virgen
Pizcas de pimienta con limón
Se refrigera por dos horas

Kathleen Contreras is a bilingual educator and author of four children's books that highlight her Mexican roots: *Pan Dulce* (Scholastic, 1995); *Braids / Trencitas* (Lectorum, 2009); *Sweet Memories / Dulces Recuerdos* (Lectorum, 2009); and *Harvesting Friends / Cosechando Amigos.* She loves to travel, practices yoga and is a fan of fútbol (soccer). She lives in Ventura, California, where she has a "salsa" garden.

Kathleen Contreras es una educadora bilingüe y autora de cuatro libros infantiles que resaltan su herencia mexicana: *Pan Dulce* (Scholastic, 1995), *Braids / Trencitas* (Lectorum, 2009), *Sweet Memories / Dulces Recuerdos* (Lectorum, 2014) y *Harvesting Friends / Cosechando amigos*. Le encanta viajar, hacer yoga y es fanática del fútbol. Vive en Ventura, California donde tiene su huerto para la salsa.

Over the past 30 years, **Gary Undercuffler** has illustrated a wide variety of children's books, textbooks, readers and children's magazines. He teaches drawing and illustration in Pennsylvania, where he lives with his wife Diana. In his spare time, he loves to draw in his sketchbook, attend life drawing classes and play a beat-up guitar. Gary and Diana have a tiny garden in their backyard, where they grow yummy tomatoes.

En los últimos treinta años **Gary Undercuffler** ha ilustrado una gran variedad de libros infantiles, libros de texto, de lectura y revistas infantiles. Enseña dibujo e ilustración en Pennsylvania donde vive con su esposa Diana. En su tiempo libre le encanta dibujar en su cuaderno de bocetos, tomar clases de dibujo y tocar una guitarra vieja. Gary y Diana tienen un pequeño huerto en su patio, en donde cultivan tomates deliciosos.